LES ANGLAIS DUPES,

OU

LA ROCHELLE DÉLIVRÉE,

COMÉDIE HISTORIQUE EN DEUX ACTES ET EN VERS,

Pour la Fête du Roi;

Représentée sur le Théâtre de Saumur, le 4 Novembre 1825,

Dédiée

A Messieurs les Élèves de l'École royale de Cavalerie de Saumur;

PAR M. X.-V. DRAP-ARNAUD.

PARIS,

IMPRIMERIE DE MADAME HUZARD (NÉE VALLAT LA CHAPELLE),

RUE DE L'ÉPERON SAINT-ANDRÉ-DES-ARTS, N° 7.

1825.

ÉPITRE DÉDICATOIRE

A Messieurs les Élèves de l'École royale
de Cavalerie de Saumur.

Messieurs,

Si la France entière s'applaudit d'avoir à célébrer
la Fête d'un Roi bien-aimé qu'elle était depuis long-
temps accoutumée à révérer comme Prince, combien
cette Fête doit-elle vous être chère, à vous sur qui
la bonté royale, doublement paternelle, se complaît à
répandre les bienfaits qui font germer et mûrir les
qualités et les talens que déjà vous consacrez à la
noble profession des armes !

Vous le savez tous, Messieurs, dès le premier âge
de notre Monarchie ce fut de la valeur guerrière que
jaillit notre plus brillante source de gloire ; mais toujours le mérite des hauts faits eut besoin d'être pro-
clamé par la voix de la renommée, et de là vint que

nulle époque historique ne fut plus éclatante que celle où les poètes de notre grand siècle littéraire donnèrent à la célébrité de nos armes ses organes les plus illustres.

Alors, Messieurs, autour d'un monarque victorieux se groupaient les beaux génies qu'avait fait éclore la puissance de ses regards ; alors, dans un admirable concours, le prince, les guerriers et les poètes se communiquaient par échange leur splendeur inaltérable. Tandis que la main souveraine répandait, avec une glorieuse profusion, les trésors de sa munificence, les lauriers de Senef et de Rocroi s'enlaçaient avec la palme du Cid, et le siècle de Turenne était encore celui de Corneille !

Entre la gloire des armes et celle des lettres, l'union est indissoluble en France ; et c'est à ce titre, Messieurs, que je viens m'associer au juste hommage que votre adolescence est heureuse de déposer au pied d'un trône, conservateur immortel de toutes les gloires françaises:

Inspiré par cette pensée, sans doute qu'il eût fallu m'élever à une conception plus importante ; mais forcé de mesurer mon essor aux dimensions étroites d'un petit théâtre, comme aussi d'écarter le genre sérieux, impropre à la célébration d'une fête, j'ai dû contraindre mon inspiration, et toutefois puiser le sujet de ma Comédie dans une source nationale : l'honneur et le dévouement n'en connaissent pas de plus féconde.

Chaque fois que des tableaux vraiment français seront exposés à vos yeux, vous ferez de ce spectacle un délassement digne de vous ; et la main qui vous offrira ces peintures sera d'autant plus certaine de plaire que, dociles aux leçons de vos maîtres, vous aurez intéressé tous vos sentimens à faire de la fidélité à nos Rois le plus précieux ornement de la vertu militaire.

Telle est la conviction qui me pénètre quand je me professe avec tant de plaisir et de reconnaissance,

Messieurs,

Votre très-humble et très-obéissant serviteur,

H.-V. Drap-Arnaud.

PERSONNAGES.

JEAN CONDORIER, Maire de La Rochelle.

JULIENNE, Sœur du Connétable Duguesclin, sous le nom de GÉNEVIÈVE.

MANCEL, Gouverneur anglais du château-fort de La Rochelle.

ALFRED, Officier français, prisonnier de guerre de La Rochelle.

ERMELINE, Fille de Condorier.

SOTTON, Adjudant de Mancel.

VERTCOEUR, Hallebardier français, prisonnier de guerre.

DAMES ROCHELLOISES.

PRISONNIERS FRANÇAIS.

SOLDATS ANGLAIS.

La Scène se passe dans la Citadelle de La Rochelle. L'Action a lieu en 1372, sous le Règne de Charles-le-Sage.

LES ANGLAIS DUPES,

OU

La Rochelle délivrée,

COMÉDIE HISTORIQUE EN VERS.

ACTE PREMIER.

Le Théâtre représente l'intérieur de la Citadelle de La Rochelle. Dans le fond, à droite, une tour sur laquelle flotte le pavillon anglais. Cette fortification se lie au côté gauche de la scène par des embrasures garnies de canons, qui regardent la ville. Sur le devant est la maison du maire. La mer baigne le pied des remparts.

SCÈNE PREMIÈRE.

La Scène commence au petit point du jour.

ERMELINE, sortant avec précaution de la maison du Maire.

Je ne saurais dormir... Il est là... Quel dommage !
Prisonnier des Anglais, pauvre Alfred ! A son âge,
Est-on plus malheureux ?..... Nous le sommes aussi :
Pour nous, depuis long-temps, plus de bonheur ici.
Les Bretons révoltés ont pris la citadelle,
Et mon père, Français, maire de La Rochelle,

Est forcé d'habiter, de rester dans ce fort!...
Ermeline, sa fille, a partagé son sort :
Ma place est de souffrir à côté de mon père.
Pourtant, depuis deux jours, j'entrevois du mystère;
Quelque chose se trame..... et la raison défend
De se fier à moi, qui ne suis qu'un enfant!
Cette raison a tort, toujours bonne Française,
J'ai passé mes quinze ans, et l'on doit être, à seize,
Capable de garder un secret, ou jamais.....

On entend un prélude de harpe.

C'est Alfred ! et mon cœur m'a dit que je l'aimais...
Le plaindre est mon devoir : que sa voix est touchante !

ALFRED chante dans sa prison :

Sur les bords où long-temps la tranquille Charente
Roula son onde libre, errante au pied des monts,
Le captif pleure encore, et sa chaîne pesante
Sur sa tête meurtrie a gravé ses affronts.
Pleurez, pleurez le sort de la cité fidèle,
Dont le seule espérance est de garder sa foi :
Le bras du chevalier ne s'arme plus pour elle,
Et, rougissant d'un maître, elle appelle son Roi.

ERMELINE.

Ici, de tous les cœurs Alfred est l'interprète.
Oui, Charles, nous t'aimons; et c'est demain ta fête !...

SCÈNE II.

CONDORIER sort de sa maison avec précaution, ERMELINE.

CONDORIER.

Songeons à nos projets, et pendant que tout dort.....
Quelqu'un ?... Soyons prudent:..

Nouveau prélude.

ERMELINE.

Il va chanter encor...

ALFRED chante dans sa prison :

Combien va-t-il souffrir séparé de la France,
Le paladin sans tache à l'oubli condamné !
L'heure du souvenir et de la délivrance
Long-temps lui fut promise ; elle n'a pas sonné.
Pleurez, pleurez le sort de la cité fidèle,
Dont le seule espérance est de garder sa foi.
Le bras du chevalier ne s'arme plus pour elle,
Et rougissant d'un maître, elle appelle son Roi.

ERMELINE.

Son malheur m'attendrit, et malgré moi je pleure.

CONDORIER.

Vous, Ermeline, ici ! vous ?

ERMELINE.

Mon père...

CONDORIER.

A cette heure ?

ERMELINE.

Je veille !... Le sommeil fuit les yeux des captifs.

CONDORIER.

Si pour veiller, ma fille avait d'autres motifs ?...

ERMELINE, vivement.

Mon père, je vous aime et je sens votre peine.

CONDORIER.

Je ne suis pas courbé sous le poids d'une chaîne,

Comme ce jeune Alfred, prisonnier des Anglais...

ERMELINE.

Il a chanté, mon père, et moi je l'écoutais,
Est-ce mal? Je le crains.

CONDORIER.

J'aime à te voir sincère.
Rentre, ma chère enfant...

ERMELINE.

Vous le plaignez?...

CONDORIER.

Espère.

ERMELINE.

Mon père le permet?

CONDORIER, d'un ton mystérieux.

Renferme cet espoir.
Ma fille, il faut ici tout entendre, tout voir,
Sans en conclure rien, et sur-tout sans mot dire.
Dans tout ce que je fais...

ERMELINE.

La raison vous inspire,
Mon père, j'en suis sûre; et pourtant je ne sais...
Vous savez qu'Ermeline est timide à l'excès;
Alors... tout m'épouvante, et jusqu'à Géneviève...

CONDORIER.

Ma gouvernante!... bon!...

ERMELINE.

La nuit, elle se lève.

CONDORIER.

Que dis-tu?...

ERMELINE.

Dans ma chambre elle a parlé tout haut :
Vous voulez qu'elle y couche; et moi, tout en sursaut,
Je me suis éveillée.

CONDORIER.

Elle disait?

ERMELINE, d'un ton d'exaltation.

« Mon frère!

CONDORIER.

Parle bas.

ERMELINE.

« Je t'attends, poursuis, combats, espère,
» Duguesclin!... »

CONDORIER.

Duguesclin?

ERMELINE.

Puis venaient les guerriers,
Les périls, la victoire et l'éclat des lauriers.

CONDORIER, à part.

Je tremble...

ERMELINE.

Elle a parlé de gloire... de la France,
Du Roi... de La Rochelle et de sa délivrance.
S'il était vrai?

CONDORIER, à part.

Son sort est aux mains d'un enfant!

ERMELINE.

J'étais, le cou tendu, transie en l'écoutant.

CONDORIER.

Un rêve t'abusait...

ERMELINE.

Mais d'une voix moins fière,
Elle a pris, à genoux, l'accent de la prière;
Et le jour renaissant avait chassé ma peur.
La prière est si douce! elle attendrit le cœur!
Géneviève pleurait, tendrement oppressée;
Si je l'avais osé, je l'aurais embrassée.

CONDORIER.

Si tu dis un seul mot...

ERMELINE.

Eh bien!...

CONDORIER.

Tu nous perdras.

ERMELINE, épouvantée.

Mon père en est bien sûr, je ne le dirai pas;

Julienne paraît dans le fond.

Et plutôt mille fois je donnerais ma vie.

Elle sort.

SCÈNE III.

CONDORIER, JULIENNE.

CONDORIER.

Sœur du grand Duguesclin, Géneviève est trahie.

JULIENNE.

On sait quel est mon nom?

CONDORIER.

Par ma fille entendus,

Vos discours...

CENTER: **JULIENNE.**

Je sens trop que mes esprits confus
Ne peuvent plus subir le joug de la contrainte.

CENTER: **CONDORIER.**

Ermeline est fidèle,

CENTER: **JULIENNE.**

- Et je n'ai point de crainte.
Poursuivons un dessein par l'honneur inspiré.
Près de vous mon refuge est sûr...

CENTER: **CONDORIER.**

Il fut sacré.

CENTER: **JULIENNE.**

Réduite à me priver de l'armure guerrière,
Je goûtais du repos la paix hospitalière,
Sur la foi d'un ami que mon frère chérit.
Julienne oubliait les maux qu'elle souffrit,
Lorsqu'une trahison asservit La Rochelle
A l'Anglais, maître encor de cette citadelle!
Mon courage en frémit sans en être effrayé.

CENTER: **CONDORIER.**

Mais quand le gouverneur par Lancastre envoyé
Me força d'habiter ce château qu'il commande...

CENTER: **JULIENNE.**

Alors je dus vous suivre, et si l'audace est grande,
Demain notre succès sera plus grand encor.
Ce jeune prisonnier détenu dans ce fort,
Alfred...

CONDORIER.

Il m'intéresse...

JULIENNE.

Alfred vient de répondre
A l'appel que j'ai fait, et, ce soir, veut confondre
L'espoir audacieux d'un ennemi pervers.
Comme lui, fatigués de l'opprobre des fers,
Cinquante compagnons,...

CONDORIER.

Ils ont même infortune.
La gloire est leur idole et leur sera commune :
Ils sont Français.

JULIENNE.

Sur eux, le joug que nous portons
S'appesantit, forgé par la main des Bretons.
Je n'ai point d'ennemi qui me soit plus horrible ;
A leur rébellion tout crime fut possible.
Que pouvais-je contre eux sous mon toit paternel ?
Rien ne le protégeait, et leur chef criminel
Punit, en allumant les feux de l'incendie,
L'héroïsme d'un nom fidèle à sa patrie.

CONDORIER.

Montfort persécuta votre noble maison !

JULIENNE.

Il osait me poursuivre aux murs de Pontorson :
Dieu m'inspira ma force... A sa voix, ranimée,
Du glaive des guerriers une femme est armée.
On combattait ; je frappe, et je répands l'effroi :
Le rebelle fuyait, ou tombait devant moi.

Terrible Duguesclin ! je montrais ta bannière !.....
Montfort m'enveloppa de son armée entière :
Il eût fallu se rendre et céder lâchement ;
La fuite me sauva sous ce déguisement.
Ces remparts m'ont reçue et le ciel m'a sauvée ;
Il avait ses desseins, mais l'heure est arrivée.
Dans La Rochelle encore Charles a des amis.

CONDORIER.

Je cours leur demander tout ce qu'ils ont promis.

JULIENNE.

Avant la fin du jour que leur troupe soit prête.
Demain, chaque Français veut célébrer la fête
De Charles, de ce Roi toujours grand, toujours bon,
Dont le titre de sage a décoré le nom.
Dépossédons l'Anglais de cette citadelle ;
Ce sera le bouquet offert par La Rochelle.
Il faut qu'à votre voix tout marche de concert.

CONDORIER.

Du Gouverneur anglais l'ignorance nous sert :
Par sa stupidité, forcé d'être crédule,
Il marche vers le piége, et je suis sans scrupule...

JULIENNE.

Le jour vient nous surprendre, il faut nous séparer :
  Le jour paraît.
Exécutons enfin, c'est assez conspirer.
Je vais du prisonnier ranimer le courage.
Vous, allez...

CONDORIER, sortant.

A ce soir la fin de l'esclavage.

JULIENNE, sous la fenêtre de la prison d'Alfred.

Alfred, répondez-moi.

ALFRED, dans sa prison.

Julienne, est-ce vous?

JULIENNE.

Ce soir, libres !... ou morts.

ALFRED.

Nous serons libres tous.

JULIENNE.

On vient : courage, adieu.

Elle s'esquive.

SCÈNE IV.

SOTTON, UN PORTE-CLEF muet.

SOTTON, bégayant.

Cou... cou... cou... cou... courage?
Le prisonnier français n'a pas d'autre langage ;
Tou... tou... toujours mutin..... ta ta ta... tapageur :
Ce sont de vrais dé... dé... dé... démons !... Ouvrez-leur.

Le geôlier ouvre.

Si je gou... gouvernais dans cette citadelle,
De ces pri... prisonniers la bruyante sequelle
Un qua... quart d'heure encor n'y séjournerait pas :
C'est pour mon adjudance un trop grand embarras.
Non, ce po... po... po... poste ici n'est pas tenable,
Ga... garder ces Français, plutôt garder le diable!
Le gouverneur Mancel n'est qu'un... qu'un ignorant,
Qui... qui ne sait pas lire !... un co... co... commandant!

Voici des prisonniers le capi... pi... pitaine :
Ja... jamais il ne parle et toujours se promène,
Je... je m'en défirais si j'étais gouverneur ;
Gens qui ne parlent pas me font tou... toujours peur.

SCÈNE V.

ALFRED, VERTCOEUR.

ALFRED.

Vertcœur, je t'associe à ma gloire nouvelle.

VERTCOEUR.

A la gloire ? j'en suis.

ALFRED.

Il faut que La Rochelle
Cesse d'être captive.

VERTCOEUR.

Il le faut.

ALFRED.

Je le veux.
Mes cinquante soldats...

VERTCOEUR.

Vertcœur vous répond d'eux.
Dans ce maudit château le chagrin nous dessèche ;
Donnez-moi le moyen de monter sur la brèche,
Je redeviendrai frais comme vous m'avez vu.
Depuis le jour levé je n'ai pas encor bu !
Madame Julienne est pourtant fort humaine ;
Mais le moyen de boire en portant une chaîne ?
Chaque soir, enfermé par un geolier brutal......

Si j'avais un mousquet !...

ALFRED.

Regarde l'arsenal...

VERTCOEUR.

L'arsenal ?

ALFRED.

A deux pas.

VERTCOEUR, transporté.

Morbleu ! vive l'audace.
Cinquante bons Français issus de bonne race
Forceraient au besoin l'arsenal de l'enfer.

ALFRED.

Il est à nous.

VERTCOEUR.

Le pire est de sauter en l'air.
Cet inconvénient n'a rien qui nous arrête.

ALFRED.

Ainsi d'un Roi de France on célèbre la fête.

VERTCOEUR.

C'est la fête du Roi !... vivat, morbleu ! vivat !
Vous me verrez, ce soir, ivre... après le combat.
C'est ainsi qu'on agit dans la cavalerie.

ALFRED.

Il est doux de venger l'honneur de sa patrie !
Je ne sens plus déjà ni mes maux ni mes fers.
O Charles ! c'est pour toi que je les ai soufferts...

VERTCOEUR.

Oui, morbleu! c'est pour lui...

ALFRED.

Mais j'avais l'espérance
De voir flotter encor l'étendard de la France!

VERTCOEUR, regardant le pavillon anglais.

Tant que sur cette tour flottera ce drapeau,
Je veux, foi de Vertcœur, ne boire que de l'eau...
De l'eau jusqu'à ce soir!... ce n'est point praticable;
Le régime aquatique est glacial en diable!
Mon serment téméraire est fait sans y songer.

ALFRED.

Sitôt que tu verrras le combat s'engager,
Vertcœur, sois attentif à veiller sur la vie
De cette aimable enfant...

VERTCOEUR.

Si tendre, si jolie,
Qui vient, chaque matin, nous entendre chanter?
Quand nous faisons chorus, c'est de quoi l'enchanter!
Rien ne chante si bien qu'un rossignol en cage.

ALFRED.

Ermeline nous plaint de souffrir l'esclavage.

VERTCOEUR.

Bien dur qui ne plaindrait des amans tels que nous!...

ALFRED.

Le gouverneur anglais.

Mancel paraît dans le fond.

VERTCOEUR, portant un doigt sur sa bouche.

Motus!

2

SCÈNE VI.

LES PRÉCÉDENS, MANCEL.

MANCEL.

                              Je viens pour vous,
Monsieur le commandant de la troupe française
Que je tiens prisonnière et qui, ne vous déplaise,
Partira dès ce soir pour l'île Guernesay,
Si, toujours insensible à la bonté que j'ai
D'abaisser ma grandeur jusqu'à votre misère,
Vous refusez de rendre un hommage sincère
Au grand duc de Bretagne, au très-vaillant Monfort,
Que Lancastre protège; en un mot, au plus fort.
De ce mot glorieux comprenez l'importance!

ALFRED.

J'ai fait, sous les drapeaux, serment au Roi de France.

VERTCOEUR.

Serment ferme, solide; et c'est moi qui le dis.

MANCEL.

Un serment!.... au besoin, moi j'en prêterais dix
Sans blesser les devoirs d'une âme délicate;
C'est toujours du dernier que mon honneur prend date.
J'ai servi la Bourgogne, elle avait des succès;
La Bretagne aujourd'hui...

ALFRED.

                              Vous n'êtes pas Français.

MANCEL.

Non, car je suis Normand; cette origine est bonne:
Je juge, à vos discours, que la vôtre est gasconne,

Vous avez, ce me semble, un honneur fanfaron,
Et...

ALFRED., avec hauteur.

Gouverneur Mancel!...

MANCEL, fièrement.

Monsieur, je sais mon nom.

VERTCOEUR, à Mancel.

Vous prêtez dix sermens? c'est un vrai brigandage!

MANCEL.

Si vous pouviez un peu polir votre langage?
Impertinent Français!...

VERTCOEUR.

Nous parlons franchement!

MANCEL.

Savez-vous que je puis vous faire incontinent
Monter au pilori.

VERTCOEUR.

Vertcœur!....

MANCEL.

Là votre grâce

Se fera contempler....

VERTCOEUR.

Morbleu ! c'est votre place.

MANCEL.

Moi!

ALFRED.

Calmez ce courroux.

MANCEL.

Me prend-on pour un sot?

2.

VERTCOEUR.

Vertcœur au pilori!

MANCEL.

Qu'on le mette au cachot.

VERTCOEUR.

Mort de mille canons! si quelqu'un se hasarde...

ALFRED, à part.

Il perd tous mes projets.

MANCEL.

Faites venir la garde :

Oh! oh!

VERTCOEUR.

Normand maudit qui prêtes dix sermens!....

MANCEL.

Ayez donc des égards pour de tels garnemens !

VERTCOEUR, menaçant Mancel.

Garnemens!...

MANCEL.

A mon aide, aye!

SCÈNE VII.

LES PRÉCÉDENS, SOTTON amenant la Garde.

SOTTON, bégayant.

Et j'y vo... j'y vole.

MANCEL.

Dans une casemate enfermez-moi ce drôle :
Ils sont dix contre un seul, et les traîtres ont peur!

SOTTON.

Le drô... drôle est mutin.

VERTCOEUR.

Mort! sang!

ALFRED.

Rends-toi, Vertcœur!

VERTCOEUR.

Je me rends à mon chef; mais corbleu!...

MANCEL.

Qu'on l'emmène.

SOTTON.

Emmènerai-je aussi le ca... ca... capitaine?

MANCEL.

Capitaine, soldats, tout le monde en prison.

ALFRED, sortant.

Tout est perdu!

SCÈNE VIII.

MANCEL, peu après CONDORIER.

MANCEL.

Je vais vous mettre à la raison,
Mirmidons effrontés dont l'extrême insolence
Ose impertinemment braver mon excellence,
Et douter si l'on doit obéir au plus fort!
C'est fort audacieux que d'insulter Montfort:
Toutefois c'est lui seul que l'outrage concerne:
Mais oser m'attaquer, moi! moi! moi! qui gouverne,
Enfermé dans ces murs bien armés, bien munis,
Le Poitou, la Saintonge et le pays d'Aunis!
Moi, que trente canons rendent si respectable!
Moi, dont l'humanité, toujours incomparable

Laisse, depuis six mois, des prisonniers français
Se promener une heure et respirer le frais!
Moi, qui les saluais en vainqueur débonnaire!

Condorier entre.

Vous arrivez à point, très-honorable maire,
Vous avez, m'a-t-on dit, la noble intention
De mettre à l'arriéré la contribution?...

CONDORIER.

Excellent gouverneur, la redevance est prête;
Je puis vous la compter.

MANCEL.

    On n'est pas plus honnête.
Ayant trop de pudeur pour la redemander,
J'allais, bien à regret, vous faire bombarder.

CONDORIER.

Bombarder?

MANCEL.

  Votre ville est avare et revêche!...

A un soldat de sa suite.

Dites au bombardier de retirer la mèche,
Sans l'éteindre pourtant, car peut-être ce soir...
Quand on est gouverneur il est bon de prévoir.
Vous voyez que je montre une âme paternelle.

CONDORIER.

Il est vrai.

MANCEL.

  Vous logez dans cette citadelle,
Où mon gouvernement en est mieux affermi,
Point du tout comme ôtage, et comme tendre ami.

CONDORIER.

Je le sais.

MANCEL.

En un mot nous vivons en famille.

CONDORIER.

Sans doute.

MANCEL.

Savez-vous que j'aime votre fille?

CONDORIER.

Je l'ignorais.

MANCEL.

D'honneur!... maire Jean Condorier!
J'ai des démangeaisons de me remarier:
Et ma foi...

CONDORIER.

Vous pourriez nous faire cette grâce?

MANCEL.

Eh!... je vais inspecter les postes de la place,
Et voir en même temps, du haut de ce donjon,
Si l'amiral Pembrok paraît sur l'horizon:
Je l'attends... Vous, mon cher, si la gloire vous touche,
Préparez votre fille à l'espoir de ma couche.
A ce bonheur subit n'ayant osé songer,
Elle en mourrait de joie; il faut la ménager.
M'épouser, moi! Mancel!... quelle gloire éclatante!

Il sort.

SCÈNE IX.

CONDORIER.

Ai-je avec cet Anglais l'âme assez patiente?...
J'ai besoin de l'espoir qui vient me soulager :
Qui sut long-temps souffrir sait enfin se venger.

Fin du premier Acte.

ACTE SECOND.

SCÈNE PREMIÈRE.

CONDORIER, JULIENNE.

JULIENNE.

Serions-nous abusés par une vaine attente?
Mon ami, vous savez que la fougue imprudente
D'un de nos prisonniers compromet notre espoir?

CONDORIER.

J'ai vu les Rochellois; tous feront leur devoir,
Il nous suffira d'eux pour sortir d'esclavage.

JULIENNE.

Le danger devient grand.

CONDORIER.

              Moins grand que le courage;
Qui rougit de ses fers, songe-t-il à l'effroi?
Tous prêts à célébrer la fête de leur Roi,
Ils tenteront l'assaut.

JULIENNE.

              J'y serai la première,
C'est à moi de planter la royale bannière
Sur les tours où rugit l'orgueilleux Léopard.
Je sus à Pontorson, sur un frêle rempart,
Sauver l'honneur français que menaçait l'insulte;
Et l'étendard des lis, sacré pour notre culte,

A la honte arraché par mon heureuse main,
Décorant la captive, enveloppa mon sein.
Lancastre frémissait, privé de ce trophée :
Ennemis de mon Roi ! votre ligue étouffée
Ne profanera plus l'enseigne de l'honneur ;
Non, je l'ai conservée, elle est là, sur mon cœur !...
Demain sur ces remparts franchis par la vaillance
L'Anglais la reverra sous le fer d'une lance.

CONDORIER.

La sœur de nos héros veut atteindre à leur rang !
Sans nuire à sa vertu j'épargnerai le sang.
D'un magistrat français tel est le caractère,
Il est des citoyens le conseil et le père.
Quel que soit leur danger, trop heureux d'y courir,
C'est pour eux seulement que je veux l'affaiblir.
Le piége pour Mancel doit être inévitable...

SCÈNE II.

LES PRÉCÉDENS, MANCEL, SOLDATS, UN TAMBOUR.

MANCEL.

Pembrock n'arrive pas ! c'est pourtant incroyable !

JULIENNE, bas à Condorier.

Paix !...

MANCEL.

Voilà bien dix jours, car je sais calculer...
Quelque magicien viendrait-il s'en mêler ?

Apercevant Condorier.

J'ai fait un mauvais rêve, et... changeons de langage.
Que Lancastre est heureux ! sans mon rare courage,
Plus terrible cent fois que ces murs, que ces tours,
Jamais il n'aurait pu, seulement quatre jours,

Rester victorieux dans cette forteresse :
Et ces petits Français auraient la hardiesse,
Si le bruit de mon nom n'était monté si haut,
De me faire trembler par la peur d'un assaut !.....
Mais ils ont su de moi des choses... sans pareilles,
Et le grand Duguesclin, s'il tient à ses oreilles,
Réfléchira deux fois avant de s'y frotter.

JULIENNE, à part.

L'impudent !

MANCEL.

Toutefois, je vais faire ajouter
A mes trente canons six bonnes couleuvrines.
Cela fera jaser quelques langues badines,
Et chacun glosera sur mon intention...

A part.

Il faut être vaillant avec précaution.
Cet adage me vient d'un certain Alexandre,
Qui fut Grec ou Romain, et mit l'Afrique en cendre,
Selon ce que j'ai lu dans un livre normand...
Maire, on m'a fait l'envoi de ce signalement.

Il donne un papier à Condorier.

CONDORIER, à Julienne.

C'est le vôtre !

MANCEL.

Il s'agit d'une magicienne,
Vrai suppôt de Satan, qu'on nomme Julienne,
Très-légitime sœur de Bertrand Duguesclin,
Bien autrement démon qu'un démon masculin.
Lancastre avait promis de nous délivrer d'elle,
Il la tenait : voyez la maligne femelle !

Le jour, le propre jour qu'on allait la brûler,
Sur deux griffons ardens on la vit s'envoler.
De la faire rôtir, par-tout où ce puisse être,
J'ai l'ordre.

JULIENNE.

Je pourrai vous la faire connaître.

MANCEL.

Quoi! votre gouvernante!

CONDORIER.

Et très-parfaitement,
En lisant avec moi sur ce signalement.

MANCEL, transporté.

Comment! elle sait lire?...

CONDORIER.

Un docteur lit moins vite.

MANCEL, dans l'enthousiasme.
A part.

Une femme!... Que n'ai-je un si rare mérite!
Voyons... j'ai toujours su protéger les talens.

JULIENNE lit.

Julienne, sorcière!... âge quatre-vingts ans...

MANCEL.

A cet âge caduc, la sorcière complotte!

SCÈNE III.

LES PRÉCÉDENS, SOTTON accourant.

SOTTON.

Gou... gou... gou... gouverneur, la flo....flotte, la flotte!

JULIENNE, à part.

Ah ! malheureux Français.

MANCEL, entendant le mot français.

Les Français !... le canon ..

SOTTON.

C'est...

MANCEL, effrayé.

Aux armes !

SOTTON.

Voyez le pa... pa... pavillon...

Aux cris du Gouverneur, les Soldats accourent en armes, suivis d'Ermeline et de quelques habitans du Château.

SCÈNE IV.

LES PRÉCÉDENS, ERMELINE, SOLDATS.

ERMELINE, effrayée.

Mon père, il est certain que c'est la flotte anglaise.

MANCEL, en délire.

Oui, ce sont nos vaisseaux, mignonne !....

CONDORIER.

En voilà treize.

Bas, à Julienne.

N'en agissons pas moins avec ordre et froideur.

MANCEL.

A part.

Treize ! il est vrai : toujours ce nombre me fit peur,
Il donne à réfléchir même au plus incrédule.

Haut.

Ce serait toutefois outrer le ridicule,

Que de craindre un revers pour l'amiral Pembrok :
Nous le verrons demain, avant le chant du coq.

A Condorier.

Vous êtes enivré !

CONDORIER.

Vous voyez ma franchise.

MANCEL.

L'intrépide amiral qui ne craint pas la bise,
Profitant du reflux, en nautonnier hardi,
Pourrait entrer ce soir : c'est demain vendredi !

CONDORIER.

Il est vrai.

MANCEL.

J'ai noté cent preuves manifestes
Contre les vendredis ; tous m'ont été funestes.
On me fit épouser ma femme ce jour-là :
Un jeudi je fus veuf.

CONDORIER , regardant la mer.

Et, tenez, le voilà ;
Il veut entrer ce soir ; le vent en pouppe donne.

MANCEL , perdant la tête.

Puisqu'il en est ainsi, tambour... Primo, j'ordonne,

Le tambour fait un roulement.

En célébration de ce débarquement,
Qu'on fasse illuminer universellement.
Secondo, pour demain point d'eau dans la caserne ;
Tertio, qu'on ait soin d'envoyer du soterne :
C'est pour le grand Pembrok ; heureux qui le reçoit !
Messieurs les gouvernés, songez qu'un Anglais boit.

Le tambour ferme le ban.

A Ermeline.

Je suis dans un transport... Vous le rendez extrême,
Ma petite Française ; un gouverneur vous aime.
Je le vois, vous nagez dans le ravissement ;
Vous serez trop heureuse...

CONDORIER.

Et vous serez clément ?

MANCEL.

Puisque Pembrok arrive, aujourd'hui ma clémence
Sera pour les vaincus intarissable, immense.
Je suis clément d'ailleurs par inclination...
Vous allez me payer la contribution.
J'ai...

CONDORIER.

Des Français captifs la prison est si dure !

MANCEL.

Vos Français !... Ils m'ont fait une trop grande injure...
Ils m'ont dit...

CONDORIER.

J'en conviens ; mais votre cœur est grand.

MANCEL.

Aucun n'en peut douter ; j'ai le cœur d'un Normand ;
Mais jusques à tel point ils ont porté l'audace...

CONDORIER, à sa fille.

Parle ; il est important qu'il t'accorde leur grâce.

ERMELINE.

Aimable gouverneur !

MANCEL.

Ah !

ERMELINE.

Je veux vous fléchir.

MANCEL, faisant le galant.

La maligne syrène ! elle veut m'attendrir :
Je vois, à vos regards, quel amour vous anime !
On est souvent trompé quand on est magnanime.

ERMELINE.

Vous laisserez, ce soir, les prisonniers français
Prendre part à la fête...

CONDORIER.

Ils verront vos succès,
Cet aspect servira l'intérêt britannique ;
Et c'est, je crois, un trait de haute politique.
Consultez...

MANCEL.

En effet, c'est...

CONDORIER.

C'est un coup d'état.

MANCEL.

Mais...

CONDORIER.

Je veux que la fête ait le plus grand éclat ;
Avec tous leurs atours, invitez-y les dames :
La clémence a toujours touché le cœur des femmes ;
Ce n'était point à vous de leur plaire à demi.

MANCEL.

Maire Jean Condorier, vous êtes mon ami ;

D'un ton solennel.

En faveur de Pembrok et de son arrivée,
Amnistie aux Français!

JULIENNE , sortant.

La Rochelle est sauvée.

MANCEL.

C'est l'amour qui m'inspire un si beau mouvement....
Il faut nous amener les dames promptement.

CONDORIER.

Elles vont accourir; le sexe aime les fêtes.

ERMELINE.

Je cours les inviter.

CONDORIER remet secrètement une lettre à sa fille.

Tu les trouveras prêtes.

MANCEL.

La famille a du zèle, on ne peut le nier.

ERMELINE , sortant.

Je vais bientôt revoir le pauvre prisonnier.

SCÈNE V.

MANCEL, CONDORIER , peu après JULIENNE.

MANCEL.

Ce jour est beau cent sois plus qu'un jour de victoire.
Se pâmant presque de joie au bruit du canon de la flotte.
Ah! Pembrok me salue!.. Un, deux, trois, quelle gloire!

CONDORIER.

Salve complète!

MANCEL.

Il faut lui rendre cet honneur.

Voulant sortir.

JULIENNE entre, et donne une lettre à Mancel.

Ce message est pour vous, illustre gouverneur.

Julienne se retire dans le fond, et observe.

MANCEL l'examinant.

C'est le timbre royal : peste! quelle nouvelle!

CONDORIER.

Lancastre vous la donne; elle doit être belle.

MANCEL, il ouvre le cachet.

Tout m'annonce un message authentique et certain,

à part.

Tant vaudrait m'envoyer du grec ou du latin.
A compter de demain, je veux apprendre à lire.

haut.

Tenez, dans les transports d'un si juste délire,
Le cœur est expansif... Venez lire avec moi;
Je pourrais cependant être lecteur du Roi.

CONDORIER.

Dans votre noble cœur la confiance éclate.

MANCEL.

Confiance, clémence, et tout cela vous flatte,
Beau-père Condorier!

CONDORIER.

Me flatte infiniment.

MANCEL.

Modérez toutefois ce grand contentement :

La joie a des vapeurs qui portent à la tête ;
Lisons, et sans retard je commence la fête.

CONDORIER lit :

« Nous, prince royal d'Angleterre, duc de Lancas-
» tre, etc., généralissime, ordonnons au très-excel-
» lent Padridge Mancel, major-gouverneur de la ville
» et château de La Rochelle, de faire sortir la garni-
» son dudit château dans la nuit du 4 novembre, et
» de la faire stationner sur le port pour y protéger
» l'entrée de l'amiral Pembrok et de son escadre......
» suivie par la flotte française, commandée par Jean
» de Vienne......... »

MANCEL.

Vous voyez quelle estime un prince fait de moi !
Il épèle.
Oui, *L'an Lanca...* Lancastre est bien signé, ma foi,
Et chacun reconnaît le grand-sceau d'Angleterre.

CONDORIER.

Plus bas, signé John Dick !

MANCEL.

C'est John Dick !

CONDORIER.

Secrétaire.

MANCEL.

Secrétaire.
Il reprend la lettre des mains de Condorier, et le regarde stupidement.
Et peut-on se lassser d'admirer
Un ordre par lequel je me vois déclarer
Le plus vaillant soutien de l'Etat britannique ?
Il est clair que, ce soir, ma présence héroïque

Forcera Jean de Vienne à revirer de bord.

CONDORIER.

Vous devez modérer un trop bouillant essor.

MANCEL.

Comment ?

CONDORIER.

Un gouverneur emporté par son zèle
Pourrait-il aujourd'hui quitter la citadelle ?

MANCEL.

Je dois.....

CONDORIER.

Que ses soldats protègent l'amiral,
Bien ;

MANCEL.

Mais ?.....

CONDORIER.

Mais c'est ici le quartier général.

MANCEL.

Cependant........

CONDORIER.

Un bon chef jamais ne se hasarde ;
Il doit rester au fort, entouré d'une garde.

MANCEL.

C'est au poste d'honneur......

CONDORIER, montrant la place d'armes du Château.

Le poste, le voilà.

MANCEL.

L'admirable conseil que vous me donnez là !
Gardons... deux cents soldats : leur force est suffisante.

3.

CONDORIER.

Mais.. c'est assez, je crois, d'en garder cent cinquante.
Qu'en pensez-vous?

MANCEL , avec suffisance.

Mancel ne craint plus d'ennemi.

CONDORIER.

Pourtant les prisonniers?

MANCEL.

Misère!... ah! quel ami!
A sortir dans l'instant ma troupe sera prête.

Sortant,

Le maire Condorier est un homme de tête.

SCÈNE VI.

JULIENNE s'avance, ALFRED entre par le côté opposé à la
sortie de Mancel, CONDORIER.

JULIENNE.

Grâce au ciel !

CONDORIER.

Poursuivons, tout est bien disposé.

JULIENNE.

Le joug de l'infamie enfin sera brisé :
Nous rendons La Rochelle à l'honneur, à la France !

CONDORIER.

Tout agit de concert pour notre délivrance ;
Parmi nos citoyens j'ai fait choix d'hommes sûrs :
Par la nuit protégés, tous, au pied de ces murs
Doivent se réunir pour nous prêter main-forte.

ALFRED.

Maître de l'arsenal, je le suis de la porte ;

Car aussitôt armé j'y conduis mes soldats,
Et les Anglais surpris se rendront sans combats;
Mais, avant d'attaquer, attendez ma romance,
Un couplet suffira....

CONDORIER.
Suivi d'un air de danse;
Il entre dans mon plan pour un motif secret:
Vous vous ressouviendrez qu'alors tout sera prêt.

JULIENNE.
Il faut, il faut qu'alors chacun de nous s'écrie:
Idoles des Français, Charles, honneur, patrie,
Vos vœux par les Français ne seront pas trahis !

ALFRED.
Vous avez commandé, vous serez obéis.

CONDORIER.
On vient, séparons-nous...

JULIENNE.
Et soyons, avec gloire,
Ralliés par ces mots : La mort ou la victoire.

Elle sort.

SCÈNE VII.

ALFRED, CONDORIER.

CONDORIER.
Je n'attends que ma fille : allez, Alfred, ce jour,
Précieux à la gloire, intéresse l'amour.
Ermeline vous aime, elle vous sera chère.

ALFRED.
Cent fois heureux Alfred! s'il vous nomme son père.

J'ai vu sur mes destins votre enfant s'alarmer,
Son cœur la trahissait; comment ne pas l'aimer ?
Disposez de mon cœur, dévoré par deux flammes,
La patrie !..... Ermeline !

CONDORIER.

Elle amène des femmes,
Dont vous verrez ici le magnanime cœur
Montrer si la Française est capable d'honneur.

SCÈNE VIII.

LES PRÉCÉDENS, ERMELINE conduisant les Dames de La
Rochelle.

ERMELINE.

Mon père, les voici, je réponds de leur zèle.
Elle se trouble. voyant Alfred.
Alfred !.....
ALFRED sortant, à Condorier.
L'heureux Alfred juré d'être fidèle.

SCÈNE IX.

CONDORIER, ERMELINE, DAMES DE LA ROCHELLE,
peu après MANCEL.

CONDORIER.

Dieu protège la France, et tout marche au succès.

ERMELINE.

Femme de La Rochelle, on a le cœur français !

Ici, le rempart de la Citadelle est illuminé. Les Soldats anglais traversent la Scène
au bruit de la musique militaire, et défilent devant Mancel, qui s'avance avec une
solennité grotesque. Des Officiers, des Soldats, armés seulement de leurs épées,
des Musiciens, restent en Scène.

MANCEL.

Voyant si bien remplir les ordres qu'il m'envoie,
Je suis sûr que Lancastre aura beaucoup de joie :
Ma haute intelligence excelle à le servir.
Sans rien appréhender je puis me réjouir.
Dans mes filets adroits La Rochelle s'engage,
Et dans ce château-fort met le sexe en otage !...
Mesdames, ce concours prouve combien vos cœurs
Sont..... maire Condorier, vous ferez les honneurs,
A composer ma cour votre zèle s'applique.

On entend un prélude.

Oh ! oh ! mon prisonnier vous fait de la musique ?
Mesdames, l'à-propos est la fleur du talent ;
Moi, je l'ai toujours dit : Le Français est galant.

ALFRED chante hors de la scène :

Va-t-il gémir encor, séparé de la France,
Le Paladin captif, à l'oubli condamné ?
L'heure du souvenir et de la délivrance
Long-temps lui fut promise ; elle n'a pas sonné.
Ne pleure plus le sort de la Cité fidèle ;
Par l'honneur consolée, elle gardait sa foi :
Le bras du Chevalier vient de s'armer pour elle,
Et rejetant un maître, elle trouve son Roi.

ERMELINE, à part.

Bientôt !....

MANCEL.

L'air cadre mal avec la circonstance,
Et ce ton lamentable est une inconvenance.
Un Français, quand Mancel donne une fête ad hoc,
Devait chanter gaîment et Lancastre et Pembrok.

CONDORIER.

Nous nous consolerons avec un air de danse.

MANCEL, prenant la main d'Ermeline.

Je vais faire danser l'amour et l'innocence.

CONDORIER.

Avec l'épée?

MANCEL hésite un moment avant de donner son épée; mais il se décide, et la
dépose ridiculement aux pieds d'Ermeline, qui la donne à son père.

Allons, galant avec excès,
Pour vous je me conforme à l'usage français,
Amour!

Mancel danse avec Ermeline, au son de la musique anglaise. On entend une
détonnation.

Suis-je trahi? Maire, que faut-il croire?

ALFRED traverse le fond de la Scène à la tête des Prisonniers armés.

Français, ralliez-vous, la mort ou la victoire.

MANCEL.

Ce sont mes prisonniers!

On voit Julienne au sommet de la tour, renverser la bannière anglaise.

CONDORIER.

Libres, ils seront forts.

Les Anglais veulent mettre l'épée à la main.

LES FEMMES.

Chacune tire un pistolet de sa poche, et le présente à bout portant sur la poitrine
de l'Anglais qui lui correspond.

Bas les armes, Anglais, ou bien vous êtes morts.

Condorier reste immobile et froid sur l'un des cotés de la Scène.

MANCEL.

Que faut-il maintenant qu'un gouverneur devienne?

SCÈNE DERNIÈRE.

LES PRÉCÉDENS , ALFRED , VERTCOEUR , à la tête des Prisonniers français ; peu après JULIENNE , armée de la cuirasse et coiffée du chapeau des Chevaliers : le Pavillon français orne sa lance. ROCHELLOIS.

VERTCOEUR.

Vive Charles !

MANCEL.

Où fuir ?

JULIENNE , l'arrêtant.

Reconnais Julienne.

MANCEL , reculant.

C'est le diable en personne échappé de l'enfer.
La femme fit toujours pacte avec Lucifer.
O vendredi maudit ! maudit nombre de treize !

Les Anglais déposent leurs armes aux pieds de Julienne.

CONDORIER.

Les armes des Anglais aux pieds de la Française !

ALFRED.

Mais jusqu'aux derniers temps le monde sera plein
De soldats effrayés au nom de Duguesclin.
Sa sœur à ses lauriers ajoute une couronne.

On entend le canon du rempart.

MANCEL.

Pauvre milord Pembrok ! c'est toi que l'on canonne.

CONDORIER , montrant la lettre avec laquelle il a trompé Mancel.

Cet ordre impérieux par Lancastre dicté,
Qui m'imposait des fers, vous rend la liberté.

L'artifice a vaincu; l'honneur peut le prescrire.

ALFRED.

Monsieur le gouverneur, allez apprendre à lire.

CONDORIER unit sa fille avec Alfred.

Alfred, chéris ma fille; elle aime les beaux traits.

JULIENNE.

La Rochelle est sauvée et nous sommes Français,
Magistrats et guerriers, peuple, tout est fidèle.

ERMELINE.

Le bouquet glorieux offert par La Rochelle,
Les femmes l'offriront...

MANCEL.

Moi, je serai pendu.

CONDORIER.

O patrie! ô mon Roi! l'honneur nous est rendu.

FIN.

www.ingramcontent.com/pod-product-compliance
Ingram Content Group UK Ltd.
Pitfield, Milton Keynes, MK11 3LW, UK
UKHW020051100726
13658UKWH00004B/1690